KB129239

나는 아무것도 아니야

이슬로 그림책

초판 1쇄 인쇄 2023년 10월 6일
초판 1쇄 발행 2023년 10월 25일

지은이 이슬로
펴낸이 이승현
출판1 본부장 한수미
컬처 팀장 박혜미
편집 이문경
디자인 신나은

펴낸곳 ㈜위즈덤하우스 출판등록 2000년 5월 23일 제13-1071호
주소 서울특별시 마포구 양화로 19 합정오피스빌딩 17층
전화 02) 2179-5600 홈페이지 www.wisdomhouse.co.kr

ⓒ 이슬로, 2023

ISBN 979-11-6812-823-1 03810

· 이 책의 전부 또는 일부 내용을 재사용하려면 반드시 사전에 저작권자와
  ㈜위즈덤하우스의 동의를 받아야 합니다.
· 인쇄·제작 및 유통상의 파본 도서는 구입하신 서점에서 바꿔드립니다.
· 책값은 뒤표지에 있습니다.

나는 아무것도 아니야

이슬로 그림책

위즈덤하우스

알록달록한
비눗방울이네.

비눗방울을 따라
밖으로 나가 보자!

구름인 듯
하늘에 올라가 볼까?

꽃들 따라
꽃밭에 숨어 볼까?

동물 친구들과
어울려 보는 건
어떨까?

수영을 배워
바닷속 친구들을
만나 볼까?

조약돌인 척
시냇물에
기대 볼까?

나도 언젠가는

나만의 색을

내 모습을

찾고 싶어!

나는 영원히
나만의 색을
찾을 수 없을지도 몰라.

나는 대체
무엇이 될 수 있을까?

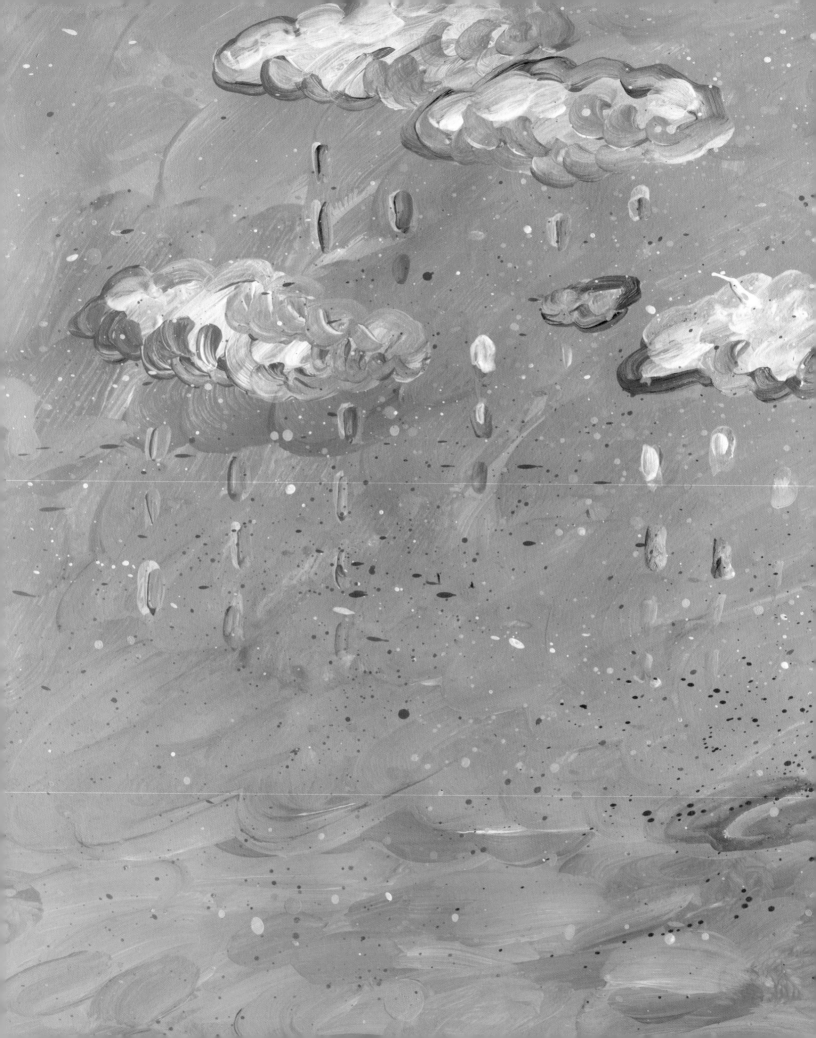

무지개는 많은 색을
가졌구나.

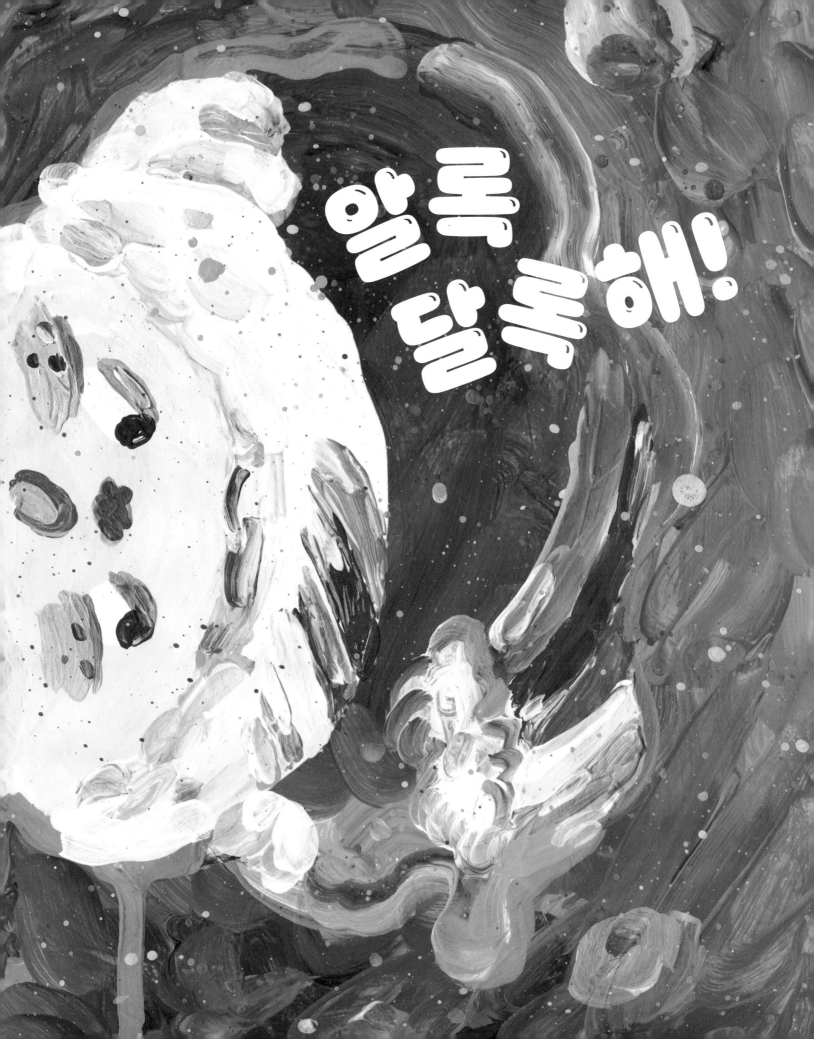

어쩌면 나도 한 가지 색이

아닐지도 몰라.

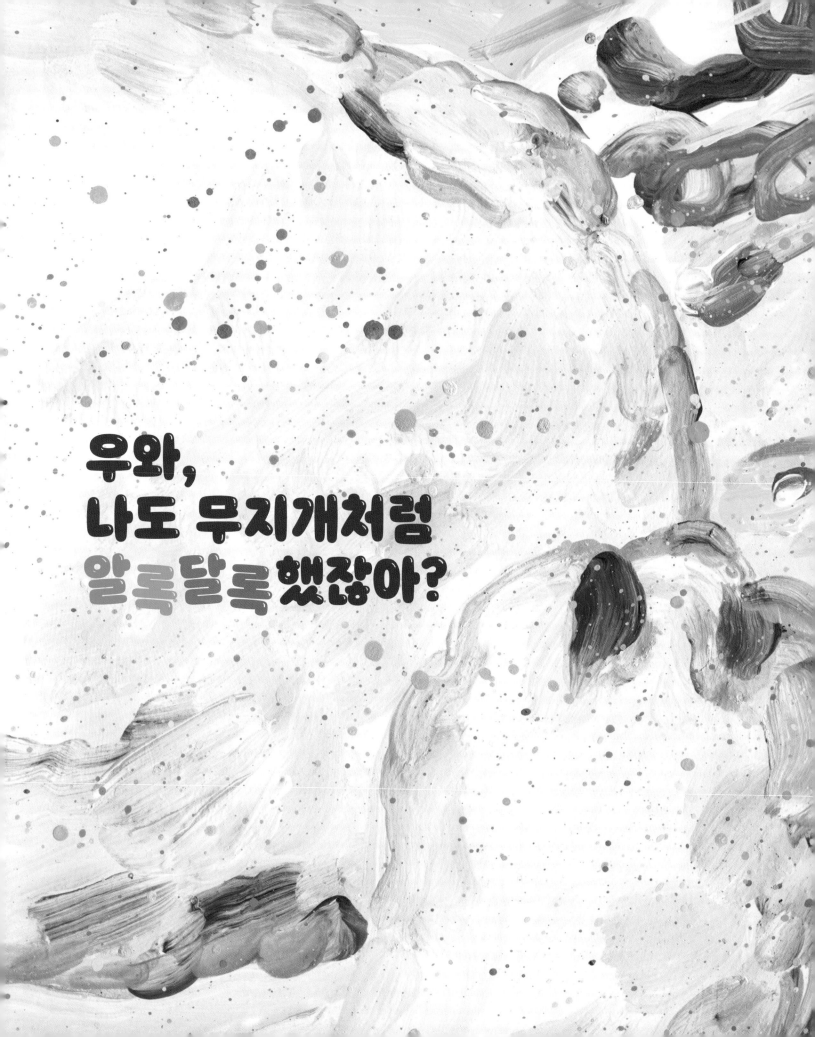

우와,
나도 무지개처럼
알록달록했잖아?

나는
모든 색을
가졌어.

나는
모든 것이
될 수 있어.

나는
아무것도 아니라서
무엇이든 될 수 있어.

작가의 말

무지개처럼 알록달록한
시간을 걷는 여러분에게

어릴 적부터 지금까지 저는 그림을 그리며 지내 왔습니다. 어린아이였을 때도, 학생이었을 때도, 직장에 다녔을 때도 남는 시간에는 종이든 물건이든 가리지 않고 늘 그림을 그렸어요. 작가가 되기 위해서가 아니라 아무 목적 없이 그림을 그리는 것을 즐겼던 거죠. 하지만 세상에 나를 소개해야 할 때마다 고민이 들었습니다. 오랫동안 스스로를 정의할 만한 마땅한 단어를 찾지 못했거든요. 그림을 통해 다양한 분야에 관심을 가지고 새로운 일에 도전하는 것을 좋아했지만, 그런 모습이 부끄럽기도 했어요. 누군가 제게 너의 꿈은 대체 뭐냐고 물으면 그냥 얼버무리고 말았죠.

새로운 일에 호기심을 보이는 제게 사람들은 늘 이상적인 방향을 내밀곤 했어요. 그리고 세상의 공식대로 살아가지 않으면 힘들 거라며 걱정했고요. '그림을 그려서 브랜드를 만든다는 건 말이 안 돼' '그런 건 작품이 아니야' '금수저가 아니면 그림으로 먹고살기는 힘들어'....... 사람들의 우려 섞인 조언 앞에서 저는 매번 움츠러들었지만, 마음 한편에서는 '왜'라는 질문이 떠올랐어요. 그들이 말하는 정답을 따라가며 살 이유를 찾지 못했거든요. 어느 순간부터 나를 화가나 일러스트레이터 같은 직업으로 정의하거나, 뚜렷한 목표가 있는 꿈을 가져야 한다는 생각을 그만두었습니다. 대단한 결심은 아니었어요. 그보다는 나의 불안과 주변의 근심에서 벗어나고 싶었던 거죠.

하던 일을 모두 중단한 채 혼자 시골에 내려가 시간을 보낸 적이 있습니다. 아무것도 하지 않는 상태가 되면 뭐든 새롭고 분명하게 다시 시작할 수 있지 않을까 기대했죠. 그런데 이전과 별반 다를 것 없이 그림을 그리며 하루하루를 보내게 되더라고요. 다시는 그림을 그리지 않을지도 모른다고 생각했던 내가 얼마나 나에 대해 모르는 사람이었는지 그제야 알았습니다.

그날 이후 저는 무엇이 되지 않아도, 아무것도 이루지 않아도 상관없다는 마음으로 어린아이가 된 듯 이런 저런 그림들을 그리며 신나게 지냈습니다. 어느새 사람들이 저를 다양한 단어로 정의했어요. '화가', '일러스트레이터', '아트디렉터', '예술가'....... 그러더니 하나의 직업으로 설명되지 않는 제 모습을 오히려 '독보적'

이라고 말하지 뭐예요. 아무것도 되지 않으려 했던 그 마음이 오히려 진짜 나를 표현할 수 있게 도와준 걸까요? 저는 결심했습니다. 내가 빨강인지 노랑인지, 빨강이라면 어떤 빨강이고 어떻게 하면 더 예쁜 빨강이 될 수 있는지를 고민하느라 애쓰는 데에 시간을 허비하지 말자고요. 그리고 여러 가지 색이 알록달록 조화를 이루는 무지개 같은 삶을 살자고 마음먹었습니다.

제가 좋아하는 말이 있습니다. '성장은 사다리가 아니라 정글짐 모양이다. 직선이 아니라 다양한 방향과 각도로 발전하는 것이다.' 삶도 별반 다르지 않다고 생각해요. 이쪽 끝에서 올라가기 시작해도 잠시 후에는 정반대 쪽에 있기도 하죠. 그래도 계속 오르고 오르다 보면 결국에는 꼭대기에서 만나요. 제일 먼저 꼭대기에 오르는 것만이 인생의 정답은 아닐 겁니다. 우리 앞에 놓인 갈림길 앞에서 어느 방향으로 나아갈지 스스로 결정하고 자기만의 경로를 만들어 나감으로써 우리는 한 사람으로 완성되기도 해요.

《나는 아무것도 아니야》에서 로Lo는 자기만의 색을 발견하기 위해 모험을 떠나고, 그 과정에서 세상의 다양한 색을 마주합니다. 정글짐을 오르듯 차근차근 쌓인 그 시간은 결국 자기 자신을 완성하는 무지개처럼 아름다운 경험이 되죠. 갈피를 잡지 못한 채 이렇게도 저렇게도 살아 보며 방황하던 과거의 저에게, 비슷한 고민을 하고 있는 독자에게 로의 이야기를 선물하고 싶습니다. 그리고 이런 말을 전하고 싶어요.

"너 지금 예쁘게 물들고 있어!"

작가 소개

회화를 기반으로 즉흥적인 감각을 표현하는 아티스트.

매체나 소재에 구애받지 않고 다양한 분야에서 새로운 시도를 이어 나가고 있다.

크림이 흐르듯 자유로운 붓 터치, 달콤한 디저트를 연상케 하는 풍부한 색감과 텍스처를 가진 화풍이 특징이다. 마음에서 피어난 다양하고 무질서한 선과 색채를 쌓아 노랫말이 없이 흥얼거리다 사라지는, 정의할 수 없는 무한한 이미지를 작품에 천진난만하게 담고 있다.

국내 외 여러 갤러리, 미술관에서 열린 전시를 통해 다양한 작품을 선보이는 중이다. 대표적인 작품 시리즈로는 'FRIENDS FRIENDS', 'INSTANT' 등이 있다. 카페 노티드, 에버랜드, 카카오, 네이버, 아모레퍼시픽, 디즈니, 롯데백화점, 괌 관광청 등 다양한 기업과의 활발한 협업 활동으로 대중과 만나 왔다. 현재 창작물을 활용한 상품을 선보이는 브랜드 '슬로코스터(SLOWCOASTER)'를 운영하고 있으며, '포코리프렌즈(POKORI FRIENDS)'를 통한 캐릭터 비즈니스를 전개 중이다.